MW01122681

Le tombeau
en péril

Illustrations
de Philippe Brochard

Centre de ressources de Waterloo   R F

LEWA00843   E 3

Le tombeau en péril /

la courte échelle
Les éditions de la courte échelle inc.

Les éditions de la courte échelle inc.
5243, boul. Saint-Laurent
Montréal (Québec) H2T 1S4

Conception graphique:
Derome design inc.

Révision des textes:
Pierre Phaneuf

Dépôt légal, 1er trimestre 1997
Bibliothèque nationale du Québec

La courte échelle est inscrite au programme de subvention globale du
Conseil des Arts du Canada et bénéficie de l'appui de la SODEC.

Données de catalogage avant publication (Canada)

Leblanc, Louise

  Le tombeau en péril

  (Premier Roman; PR56)

  ISBN: 2-89021-282-3

  I. Brochard, Philippe II. Titre. III. Collection.

PS8573.E25T63 1997   jC843'.54   C96-941220-7
PS9573.E25T63 1997
PZ23.L42Tob 1997

Louise Leblanc

Née à Montréal, Louise Leblanc a fait son cours classique, puis des études en pédagogie à l'Université de Montréal. Ensuite, elle donne des cours de français, est mannequin, fait du théâtre, du mime et de la danse. Elle est aussi recherchiste et elle rédige des textes publicitaires. En véritable curieuse, elle s'intéresse à tout. Elle joue du piano et aime bien pratiquer plusieurs sports.

En 1983, Louise Leblanc gagne le prix Robert-Cliche pour son roman *37½ AA*. En 1993, elle reçoit le prix des Clubs de la Livromagie pour *Sophie lance et compte*. Depuis 1985, elle se consacre à l'écriture. Auteure de plusieurs nouvelles, elle a également publié des romans pour adultes et elle écrit pour la télévision. Les romans de la série Sophie sont traduits en anglais, en espagnol et en danois. *Le tombeau en péril* est le dixième roman qu'elle publie à la courte échelle.

Philippe Brochard

Né à Montréal, Philippe Brochard a fait ses débuts dans les journaux étudiants où il a publié caricatures, bandes dessinées et dessins éditoriaux. En 1979, après ses études en graphisme, il a été codirecteur artistique du magazine *Le temps fou* pendant plus d'un an. Parallèlement, il a commencé à dessiner pour *Croc*, puis il a multiplié les collaborations à divers magazines et avec des éditeurs de matériel pédagogique.

Après une participation au Salon international de la bande dessinée d'Angoulême en 1985 et le séjour en Europe qui suivit, il a illustré *Le complot*, à la courte échelle. Poursuivant sa double vie d'illustrateur et de graphiste, il illustre *Le tombeau en péril*, le neuvième roman auquel il travaille à la courte échelle.

De la même auteure, à la courte échelle

Collection Premier Roman

Série Sophie:
Ça suffit, Sophie!
Sophie lance et compte
Ça va mal pour Sophie
Sophie part en voyage
Sophie est en danger
Sophie fait des folies
Sophie vit un cauchemar

Série Léonard:
Le tombeau mystérieux
Deux amis dans la nuit

Louise Leblanc

Le tombeau en péril

Illustrations
de Philippe Brochard

la courte échelle

À Roger Harvey,
maître ès polar,
conseiller privilégié.

Le message

J'ai un ami super planant! C'est un vampire. Il s'appelle Julio Orasul. Il vit au cimetière avec ses parents, dans un appartement souterrain.

Je l'ai rencontré par hasard en visitant la tombe de mon grand-père.

Le problème, c'est qu'on ne peut pas se voir. Julio ne sort pas le jour, car la lumière le tuerait. Puis, notre amitié est secrète. Seuls mes parents sont au courant. Si d'autres que nous découvraient la famille de Julio, sa sécurité serait menacée.

On communique par des messages qu'on dépose sur la tombe

de mon grand-père. Dans son dernier billet, Julio semble paniqué:

Léonard,

Il faut se voir de toute urgence. J'ai peur pour nous. Je crois que notre amitié est en danger.

Je t'en supplie, Léonard, viens au tombeau demain, à 14 heures précises.

Julio

1
De quoi ont-ils peur?

Je n'ai pas dormi de la nuit. Je me suis levé avec le jour. À l'extérieur, le thermomètre indiquait -30 °C.

Mon imagination a galopé toute la matinée. Le tombeau des Orasul est fissuré. Le froid fait ses ravages: je vais retrouver Julio dans un bloc de glace. Ou le système de chauffage s'est emballé, et toute la famille cuit à petit feu.

Sinon, ils n'ont plus rien à manger! Et...

— Léonard! Si tu ne manges pas ta viande, oublie la tarte au sucre, me prévient mon père.

D'habitude, cette menace a un effet boeuf sur ma faim. Mais je n'ai pas le coeur à la tarte.

— L'hiver, on a besoin de protéines, d'énergie pour combattre les virus, précise ma mère.

Les virus! C'est ce qui effraie Julio. Les vampires manquent de protéines pour combattre les virus. Moi, ils ne m'auront pas! Assommés à coups de steak, ils n'auront jamais vu tant de viande de leur vie.

J'avale mon boeuf d'une traite.

— Voilà! Je suis bourré de protéines! Prêt à me battre... euh... à faire une randonnée à ski.

Pendant que je me prépare, j'entends mes parents chuchoter:

— Léonard paraît tourmenté. Sans doute à cause de Julio. Cette amitié avec un vampire est compliquée.

— Des vampires au cimetière! C'est tellement incroyable! Pour ne pas dire... louche. On n'aurait pas dû promettre à Léonard qu'on garderait le secret. C'est peut-être imprudent?

— Pour le moment, il n'y a pas de danger. Les enfants s'écrivent, sans plus! On verra...

C'est tout vu! Je ne dirai rien à mes parents des problèmes de Julio. Afin d'atténuer leurs doutes, je sors en sifflotant.

Au cimetière, la neige a mis des bonnets de nuit à tous les monuments. Comme pour dire

aux morts de dormir jusqu'au printemps. Personne ne viendra. Sur le grand drap blanc de l'hiver, aucune trace. Seuls mes skis y ont fait des plis.

Je m'arrête devant le monument de grand-papa. Parfois, sa voix traverse le temps jusqu'à moi. Et on parle. Mais là, rien. Son esprit doit être gelé. Je repars, solitaire parmi les morts.

Je suis prudent quand même. Je dépasse le tombeau des Orasul pour brouiller les pistes. Au retour, je cache mes skis sous l'escalier qui mène à l'entrée.

Je gravis les marches en longeant la rampe: mes traces seront moins visibles. J'évite de toucher aux têtes de mort qui ornent la rampe, car elles sont couvertes de neige.

Il est 14 heures précises. J'entre dans le tombeau. Noirceur et silence. Qui se prolongent... Une peur soudaine me saisit. Si Julio et ses parents étaient déjà morts, là, au-dessous...

Non, le banc de pierre pivote. Un projecteur s'allume. Julio apparaît, plus blanc que jamais.

— Tu es venu, dit-il d'un ton reconnaissant.

— Je suis ton ami à la vie, à la mort.

On se donne l'accolade. Julio est si froid que j'en ai le coeur glacé d'inquiétude.

— Que se passe-t-il? Tu es malade? Vous avez besoin de médicaments? De viande?

— De viande!!??

— Oui, contre les virus! Je vous en apporterai...

— Non, non! Je n'ai pas encore parlé de toi à mes parents. Ce n'est pas le moment.

— Comment as-tu fait pour venir me rencontrer, alors?

— Tu as oublié? C'est la nuit

pour nous. Mes parents dorment. Mais... ça n'a servi à rien de...

Julio se retient pour ne pas pleurer.

— De quoi, fritemolle!?

— De cacher notre amitié. Nous... allons partir.

— Partir! Ça ne se peut pas! Pourquoi? De quoi tes parents ont-ils peur?

— Des ombres, la nuit. Deux fois, elles sont venues. Nous n'osons plus sortir. Hier, elles ont essayé de pénétrer ici. Nous devons fuir avant d'être découverts.

— Ce sont peut-être d'autres vampires! Ils cherchent une place au cimetière.

— On le saurait. On se connaît tous. Il faut s'entraider pour survivre.

— Et si c'étaient les esprits des morts, de mon grand-père, qui sait? Ils ont froid et ils veulent se réchauffer.

— Les esprits n'ont pas à forcer les portes, ils traversent les murs. Non, ce sont des hommes qui ont essayé d'entrer ici.

— Je n'ai vu aucune trace de pas.

— Parce qu'il a neigé. Selon mes parents, ce sont des voleurs. Ils voulaient probablement cacher leur butin dans un endroit discret. Ils reviendront sûrement.

Je suis révolté à l'os!

— Je ne laisserai pas des bandits voler notre amitié! Vous ne partirez pas. Juré... craché: teuff!

2
Je t'ai à l'oeil, Bolduc!

Malgré l'assurance que j'affichais, Julio n'avait pas beaucoup d'espoir. Je récupère mes skis en réfléchissant.

Qui pourrait m'aider? Mes parents? Ils en ont assez des vampires. Ils n'affronteront pas des bandits pour eux. La police? Elle fouinera partout. C'est trop risq...

Fritemolle! Les têtes de mort de la rampe d'escalier! Elles n'ont plus un poil de neige sur le crâne. Quelqu'un est venu pendant que j'étais avec Julio.

Je regarde autour de moi. Personne. Vite! Je glisse vers la

sortie du cimetière.

— Léonaaard! Arrêêête-toi...

Grand-papa! S'il est sorti de son mutisme, il est arrivé quelque chose.

— Reeegaaarde-moi, Léonaaard.

— Te regarder!? Où? Je ne vois que ton... monument! J'ai compris! Il a perdu son bonnet de neige, comme les têtes de mort. Quelqu'un est venu ici aussi? Pourquoi?

— Pour te manger, mon enfant! GRRR!

Deux grands pieds s'abattent sur mes skis, me clouant sur place. Les pieds de... Bérubé, le dur de ma classe. Je suis sa victime préférée.

— Tu es moins fendant que la dernière fois, Bolduc. Ton

voisin Pommier n'est pas là pour te défendre. Je t'avais dit qu'on se retrouverait!

Je suis paniqué à l'os!

— De... puis quand me suis-tu?

— Te suivre, minus! Pas de temps à perdre! J'avais à faire ici. J'ai vu les traces de tes skis et je t'ai attendu pour vérifier...

— Vééérifier quoi?

— Alors, c'est vrai! Tu viens voir ton grand-père et tu lui parles! On devrait t'enfermer, dingo.

Ça ne se peut pas comme je suis content! Il ne m'a pas vu entrer dans le tombeau. Il est arrivé après moi. Mais un doute me traverse l'esprit.

— Et toi, qu'est-ce que tu fais dans un cimetière, en plein hiver?

— J'ai du travail, minus. Du travail sérieux! Pour un... professeur. Je l'ai rencontré à la salle de billard. Il écrit l'histoire des vieux cimetières.

— Toi! écrire un livre avec un prof! Tu me prends pour une poche? Même dans les bandes dessinées, tu trouves qu'il y a trop de texte.

Bérubé rigole. Ce n'est pas rassurant.

— Justement, je fais les photos. Et si tu ne veux pas avoir la tienne dans le livre des morts...

Il me pousse contre la tombe de mon grand-père et déclenche son Polaroïd. Quelques secondes plus tard, il me remet la photographie.

— Un petit souvenir. Tu n'oublieras pas que je t'ai à l'oeil.

Maintenant, fais de l'air, pet sec.

Je déguerpis. À la sortie du cimetière, je me retourne. Bérubé ne m'a pas suivi. Ce n'était pas une blague, il photographie des monuments. Tant mieux. Pendant qu'il travaille, je n'ai rien à craindre de lui.

En regardant son cliché, j'en

suis moins certain. La tête que je fais me rappelle à quel point il est épeurant...

***

Je m'effondre sur mon lit. Écrasé sous une avalanche de problèmes. À mon arrivée, j'ai dû subir un interrogatoire. Mes parents étaient inquiets de mon comportement.

J'ai juré craché qu'il ne se passait rien. Sur la tête de grand-papa! Il est déjà mort, ça ne peut pas lui faire de tort. Et mes parents m'ont cru.

L'unique victime de ce mensonge, c'est moi. Je me retrouve seul pour protéger la famille de Julio. Et me défendre contre Bérubé. De rage, je lance sa photo.

Je l'entends grogner:

— Je t'ai à l'oeil, Bolduc! Pour te manger! GRRR! Tu n'as plus ton voisin Pommier pour...

POMMIER! Lui, il pourrait m'aider. C'est un policier à la retraite, un fou des romans d'aventures. Mon histoire de voleurs l'intéressera sûrement. Pour le convaincre d'agir discrètement, il suffit de bien me préparer.

***

— Tu as trop d'imagination, Léonard.

— Vous ne me croyez pas? Il y avait des traces de pas partout!

— Des voleurs seraient venus au cimetière la nuit. Et pourquoi? Tu peux me le dire?

— Pour cacher leur butin.

— C'est de la fiction ce que tu me racontes.

— Et ça, c'est de la fiction? Ils les ont sans doute échappés.

Je remets quelques bijoux à M. Pommier. Je les gardais comme dernier argument. Ce sont les bijoux de ma mère: son collier de perles et sa plus belle montre.

— Ouais... Ce n'est pas du toc! Il y a peut-être du vrai dans ton histoire. En tout cas, c'est intrigant.

— Vous allez m'aider à poursuivre mon enquête!

— Ton enquête! Crois-tu que tu peux affronter un gang de malfaiteurs?

— On pourrait faire le guet quelques nuits. Pour découvrir

où ils cachent les bijoux. Les policiers n'auraient plus qu'à les arrêter.

— Tes parents sont au courant?

— Bien sûr que non! Ils ne me laisseraient pas sortir la nuit.

— Ils auraient raison. C'est trop dangereux. Et je ne prendrai pas la responsabilité de t'emmener.

— M'emmener! Alors, vous...

allez faire une enquête?

— Je n'ai pas dit ça. Il faut que je réfléchisse.

Le policier à la retraite examine les bijoux d'un regard brillant. Il ne résistera pas à la tentation d'éclaircir leur mystère.

Dire que ce sont les bijoux de ma mère! Je veux les reprendre, mais Simonin Pommier refuse de me les remettre. Il me fait un clin d'oeil complice et promet de me tenir au courant.

Il me prend pour une poche! Son enquête, je vais la suivre pas à pas...

3
Je te donne
une demi-heure!

Jusqu'à maintenant, tout va bien.

Ma mère ne s'est pas aperçue de la disparition de ses bijoux. Et j'ai eu le temps d'écrire un message à Julio:

Ne t'inquiète plus. J'ai pris les choses en main. Les voleurs seront arrêtés. D'ici là, persuade tes parents de rester. Dis-leur qu'un déménagement, c'est pas de la tarte. Ou autre chose. Je te fais confiance.

Léonard

Je suis retourné au cimetière, Bérubé n'était plus là. J'ai pu déposer mon message sur la tombe de grand-papa.

Je crois que son esprit radote. Il m'a répété: «Regarde-moi, Léonard.» Pauvre grand-papa...

De retour à la maison, j'ai préparé ma première nuit d'enquête.

D'abord, un mannequin pour me remplacer sous les couvertures: quelques coussins et mes toutous feront l'affaire. Si mes parents jettent l'oeil dans ma chambre, ils croiront que je suis là.

J'ai bu une bouteille de cola pour me tenir éveillé. Il paraît que c'est aussi efficace que du café. Et je me suis couché tout habillé.

Je suis prêt!

Dès que mes parents seront endormis, j'irai surveiller la porte de M. Pommier. Quand il sortira, je n'aurai plus qu'à le suivre. Selon les événements, je verrai si je dois intervenir ou non.

***

Je me suis endormi, fritemolle de fritextramolle! Je suis

poche à l'os! Et le cola, c'est nul!

Au petit-déjeuner, je suis d'une humeur de bulldozer. Je serre les mâchoires et j'écrase dans l'oeuf les questions de mes parents.

— Je vais au cimetière.

Mes parents ruminent un instant mon attaque. Puis, ma mère répond d'un ton sans réplique:

— Je te donne une demi-heure!

Le temps d'un aller-retour. C'est mieux que rien. Je fonce.

Au cimetière, je ne me soucie pas de Bérubé. D'ailleurs, il n'est pas là. Je n'écoute pas grand-papa, qui radote. Je plonge ma main dans l'urne: il y a un message de Julio!

Je le lirai à la maison. Je repars à fond de train. Direction: Pommier. Je veux un rapport.

Chez lui, la rencontre se déroule sans blabla, comme entre deux agents secrets:

— Vous êtes allé au cimetière cette nuit?

— Oui. Il ne s'est rien passé.

— Aucune ombre?

Je pense à Julio venu porter son billet.

— Non. Mais je n'y comptais pas. Il faudra sans doute plusieurs nuits de surveillance.

— À demain, alors.

Une demi-heure pile. Ma mère me sourit. Je suis tenté de succomber à son sourire, de tout lui raconter. Je résiste. J'ai une mission à accomplir.

Je me réfugie dans ma chambre pour lire le message de Julio:

La décision de mes parents est irrévocable. Nous partons dans quelques jours. Ne risque pas ta vie inutilement. Adieu... mon seul ami.

Adieu!? Je ne reverrai pas Julio! Ça ne se peut pas! Je vais trouver une solution. Il me reste quelques jours pour sauver notre amitié.

Chose certaine, dans l'état d'excitation où je suis, je ne dormirai pas cette nuit.

4
Léonard,
regarde derrière toi!

Des craquements sinistres se font entendre. La maison se plaint sous les morsures du froid. Moi, je mijote dans mon habit de neige. Une heure que j'attends tout habillé, que je surveille la porte de M. Pommier.

J'enlève ma tuque, mes mitaines et mes bottes. Oufff... Fritemolle, le voilà!

Je me rhabille en vitesse. Je me précipite vers l'avant de la maison, accrochant une chaise au passage. Stop! J'écoutc. Mes parents ne se sont pas réveillés.

Par la fenêtre, je vois passer

rapidement le voisin. J'attends un peu et je sors à mon tour. Le vent se jette sur moi. Ma combinaison trempée de sueur me glace la peau.

Je pense à Julio, à son message d'adieu. Je me tape dans les mains et je passe à l'action.

Je file Pommier à distance. J'avance par petites courses, me dissimulant derrière un arbre à chaque arrêt. L'ancien policier arrive au cimetière. Il ralentit, puis se retourne d'un coup. À la vitesse d'un magicien, je disparais de sa vue.

À partir de maintenant, il sera sur ses gardes. Pas de précipitation. J'attends... Encore... Maintenant!

Pommier n'est plus là! J'ai un mouvement de panique, puis

je me ressaisis. Il est dans le cimetière, je vais le retrouver facilement.

Il me semble voir une ombre bouger. Je me prépare à la suivre, quand une incertitude m'arrête. Si ce n'était pas l'ombre de Pommier mais celle d'un bandit?

Seul entre les tombes qui projettent une armée de silhouettes,

je suis paralysé. L'angoisse me gagne. La neige s'obscurcit. Des nuages ont éteint la lumière de la lune. Le hululement d'une chouette achève de me terroriser.

La peur se répand en moi comme un poison qui détruit ma raison. Je cours sans réfléchir, je cours me réfugier à côté de grand-papa. Comme s'il pouvait m'aider! En plus, il radote. Il va me répéter de le regarder:

— Léonaaard! Regaaarde derrière toi!

Avant de comprendre que grand-papa ne délire pas, je suis plaqué au sol. Aplati comme une chique de gomme sous le pied d'un géant...

— Petit imprudent!

— Mmm... Monsieur Pommier! Ça ne se peut pas comme je suis content!

— Moi, pas! J'aurais pu te tuer!

Il baisse le bras. Il tenait un bâton, prêt à me fracasser le crâne.

— Tu n'as rien compris! Une enquête n'est pas un jeu. C'est dangereux! Je te ramène chez toi.

— Non! Je vous en supplie! Laissez-moi rester. Juste une nuit. Pour... l'enquête!

Pommier soupire. Je sens qu'il va capituler.

— Je ne cours plus aucun risque avec vous.

— Hmmm... On fait une ronde et on rentre.

Pommier agit selon un plan établi la veille. Il a déjà repéré les tombeaux qui pourraient servir de cache aux voleurs. Une dizaine.

Il se faufile entre les tombes. Je lui colle aux fesses, inquiet malgré tout. Il s'arrête à des endroits précis pour surveiller les lieux.

On attend. Immobiles. Silencieux. Engourdis par le froid. Une seule idée réussit à germer dans ma tête: je ne serai pas policier.

Encore cinq tombeaux. Je ne tiendrai pas le coup. Une seule pichenette, et je casse en deux comme un glaçon.

— Prêt? me souffle Pommier. On y va!

Je le suis en titubant.

La planque suivante est située face... au tombeau des Orasul.

Ça me dégèle d'un coup. Si Julio allait sortir? Cette fois, l'attente est infernale. Je bous d'impatience:

— On part? Il ne se passe...

— Chut! Regarde!

Deux ombres approchent. Sans hésiter, elles montent l'escalier qui mène à l'entrée du tombeau. Julio est peut-être là, derrière la porte. Je n'y tiens plus:

— Il faut les empêcher d'entrer!

— Veux-tu bien te taire!

Trop tard. Les ombres nous ont entendus. Elles se retournent. Le policier bondit. En deux mouvements experts, il les assomme l'une après l'autre. Puis, il leur passe les menottes.

Je saute de joie! Les voleurs

sont arrêtés! Je me précipite
pour féliciter... Fritemolle! Ce
sont... mon père et ma mère!!??

5
Ce sont eux, les voleurs!

De retour à la maison.

Mes parents ont chacun un sac de glace sur la tête. La prune qu'ils avaient menaçait de se transformer en pample-mousse.

Pommier se fait plus petit qu'une pomme, tellement il est mal à l'aise. Et moi, je voudrais disparaître complètement.

Je suggère qu'on aille tous se coucher, vu l'heure tardive. Mes parents jugent que c'est plutôt l'heure des explications. Pommier leur relate ma visite, ma requête et son refus. Il n'est pas responsable de ma folie.

— Tout de même, vous avez cru son histoire de voleurs, s'étonne mon père.

Le voisin sort les bijoux de sa poche. Je les avais oubliés. Pas ma mère. Elle s'étrangle de stupéfaction:

— Mmmes... biiijoux!

— Tes bijoux! s'exclame mon père.

— Vos bijoux? se demande Pommier en faisant des yeux de hibou.

— Sans eux, vous ne m'auriez pas cru! L'histoire des voleurs, c'est Julio et ses parents...

Je suis nul! Quelle gaffe! J'ai parlé des Orasul devant M. Pommier. Et mon père en déduit aussitôt:

— Je savais que ces gens

étaient louches.

Ma mère me présente le cliché de Bérubé.

— Cette photo nous a alertés. On a décidé de te surveiller. Même la nuit.

— Qui a pris cette photo? Que vois-tu de si terrible pour...

— Yannick Bérubé! C'est de lui que j'ai peur.

— Ce ne serait pas plutôt de tes vampires!

— Voyons, papa! Ils ne sortent pas le jour!

— Justement! Tu as vu les Orasul en plein jour et tu as été bouleversé. Ce sont eux, les voleurs!

M. Pommier est abasourdi. Il écarquille davantage ses yeux de hibou:

— Des... vampires!?

Mes parents ne se contrôlent plus. Ils déballent tout ce qu'ils savent sur les Orasul. Qui ils sont. Où ils vivent...

C'est la fin pour Julio et sa famille. Ils seront expulsés en plein jour. Ils mourront. Je verrai mon ami partir en fumée.

Je suis en colère contre moi et mon égoïsme. Pour garder mon ami, je l'ai perdu. Je suis en colère contre mes parents. Ils m'ont trahi. Je suis en colère contre Bérubé et son sale cliché.

Je prends la photo pour la dé... Fritemolle! je viens de comprendre les paroles de grand-papa!

Sur sa tombe, il devrait y avoir une sculpture qui le représente. Elle n'y est pas sur la photo. Quand il disait «Regarde-

moi», il voulait me signaler la disparition de sa sculpture.

Je fais part à tous de ma découverte, de mes soupçons à l'égard de Bérubé. Il a dû venir pendant la nuit pour voler la sculpture. D'où les ombres que Julio a aperçues dans le cimetière.

Simonin Pommier est super planant comme adulte! Il ne rigole pas au sujet de l'existence des vampires. C'est même ce qui l'emballe le plus dans toutes mes révélations.

Mes parents sont renversés. Pourtant, ils écoutent le policier. Un policier, on peut le prendre au sérieux! Alors que moi...

Selon lui, la réalité dépasse la fiction. Le fantastique existe ailleurs que dans les romans. Enfin, il a la chance de le côtoyer.

Il tient à rencontrer les Orasul. Pas question qu'ils partent. Il promet de ne parler d'eux à personne et de les protéger.

D'abord, il faut résoudre l'énigme des ombres. La sculpture volée est un indice important. Il a sa petite idée...

***

Ce matin, M. Pommier s'est posté devant la salle de billard. Il a intercepté Bérubé et l'a ramené à la maison.

Mon bourreau est là, devant nous. Je rigole intérieurement: le dur va s'écra... Ça ne se peut pas! Il a le culot de braver le policier:

— Vous m'avez amené ici de force. Vous n'avez pas le droit. Mes parents vous traîneront en justi...

— C'est toi qui iras en prison! l'arrête Pommier.

— Je n'ai pas touché à votre chouchou! Il ment! Je lui fais peur, ce n'est pas un crime. On ne va pas en prison pour ça.

— Pour vol, oui!

— Où est la sculpture de mon grand-père?

— Qui est ton complice? Tu dois le revoir? Quand?

Bérubé a l'air d'un idiot. Il ne semble pas comprendre. Le policier lui explique clairement:

— L'homme qui t'a engagé est sans doute un trafiquant d'art. Il dérobe les sculptures sur les tombes et les revend à des antiquaires. Il opère pendant l'hiver. Ainsi, les vols sont découverts longtemps après le fait.

Yannick Bérubé jure qu'il est innocent. Il a pris des photos et les a remises à ce professeur, un barbu à grosses lunettes.

— Un déguisement, conclut Pommier. Tu ne le reverras pas.

Bérubé rage, car il n'a pas été payé pour son travail. Le policier poursuit sa réflexion:

— Il ne veut pas attirer l'attention, mais il doit prospecter le cimetière. Sous une fausse identité, il engage un naïf pour photographier les monuments. Il peut repérer les sculptures qui l'intéressent, et agir la nuit en toute sécurité.

— Je serai là! Il va me payer, déclare Bérubé.

— Je ne veux plus te revoir dans le cimetière. Ou je mets tes

parents au courant de tes activités... suspectes, le menace Simonin Pommier.

Pour la première fois, je vois blêmir Yannick Bérubé. Il a une peur bleue de ses parents! Il promet de se tenir tranquille et s'en va la tête basse.

J'aurais pu en profiter, me moquer de lui. Je n'ai rien dit. Je trouvais qu'il faisait pitié. J'ai regardé mes parents et j'ai eu une grande bouffée d'amour pour eux.

6
Vous y avez cru!?

Depuis deux jours, Simonin Pommier, mes parents et moi, nous formons un véritable commando.

Nous avons quadrillé le cimetière afin de prévoir le plan d'action du trafiquant. Trois monuments ont déjà été dépouillés. Les autres se trouvent à proximité du tombeau des Orasul.

La nuit dernière, nous avons limité le guet à cette zone. Personne n'est venu. En passant, j'ai laissé une note à Julio.

Elle est toujours là ce matin. Julio est peut-être parti! Cette idée m'enlève toute énergie. Au bord du désespoir, j'entends grand-papa me souffler:

— Regaaarde devant toi, Léonaaard!

Je crois comprendre ses paroles. Je dois aller de l'avant, poursuivre mon but malgré les doutes.

Simonin Pommier nous redonne aussi du courage. Il nous prédit:

— Le trafiquant reviendra cette nuit pour en finir. Plus il attend, plus il risque d'être découvert.

Il avait raison.

À peine sommes-nous postés devant l'escalier des Orasul qu'un homme arrive. Il s'arrête, dépose un sac et en sort des outils.

— Laissons-le commencer son travail, chuchote Pommier. Il sera plus facile de le surprendre.

L'homme s'attaque à la première tête de mort. Il tente de la détacher de la rampe à l'aide d'une spatule et d'un marteau.

Soudain, une main me saisit le bras. C'est ma mère qui... Fritemolle! La porte du tombeau s'ouvre lentement. Le voleur, pris par sa tâche, ne se rend compte de rien. Il sursaute quand surgit une lumière violente.

Des lamentations montent du tombeau. Au milieu de rires caverneux apparaît une forme noire.

Elle se déplie, telle une immense chauve-souris. Ses yeux

lancent des éclairs de férocité.
Elle retrousse ses lèvres et dé-
couvre... de longues canines
pointues.

Elle ouvre grand ses mâchoires et descend vers le trafiquant

pétrifié. Au moment où elle va l'engloutir sous ses ailes, le voleur réagit enfin. Il pousse un cri terrible et bondit. Dans une course effrénée, son ombre folle et hurlante disparaît.

Le silence revenu, je prends conscience de ma situation. Simonin Pommier est hypnotisé par le monstre. Mes parents sont foudroyés par l'horrible réalité des vampires.

Moi-même, je suis près de l'évanouissement. Je ne m'étais pas représenté le père de Julio à l'image de cette créature terrifiante... Qui vient vers moi.

***

Nous sommes tous sous terre, dans l'appartement des Orasul.

Je suis encore en état de choc. Comme mes parents. Pommier est impressionné à l'os.

Julio rit de bon coeur.

— Vous y avez cru! Écoutez ça...

Mme Orasul actionne un magnétophone. On entend des lamentations et un rire démentiel. M. Orasul enlève sa cape, ses fausses dents, ses lentilles brillant de férocité.

— J'avais prévu cette mise en scène en cas d'extrême danger, explique-t-il. Pour nous défendre, je jouerais jusqu'au bout la carte du vampire: la peur qu'il inspire.

— Vous avez décidé de vous déguiser à cause des voleurs? demande Pommier.

— Au début, oui. Je croyais

qu'ils voulaient entrer dans le
tombeau. Puis j'ai compris: ce
qui les intéressait, c'étaient les
têtes de mort. Elles sont en
ivoire et valent très cher. Si je
suis passé à l'action ce soir,

c'est à cause de Julio.

— Il est tombé malade, poursuit Mme Orasul. Une forte poussée de fièvre, un délire où le nom de Léonard revenait. Julio a fini par tout nous révéler. Il était désespéré de perdre son seul ami.

— Nous avons agi pour son bonheur. Et pour Léonard. Il avait déjà prouvé son amitié envers Julio. Nous ne pouvions le laisser risquer seul sa vie pour nous.

— Vous ne saviez pas que j'avais un protecteur. M. Pommier est un fameux policier. Et mes parents aussi: ils ont la bosse de l'enquête.

Ma mère rappelle en riant le coup qu'elle a reçu sur la tête. Mon père ne rigole pas. Il est plutôt blessé dans son orgueil.

Pour se donner une contenance, il se pose en modérateur:

— On ne devrait pas se réjouir si vite. Le voleur court toujours.

— En effet, il a eu si peur qu'il doit courir encore, lance M. Pommier en souriant. Il ne se vantera pas de son aventure, sinon il devrait s'expliquer. Et désormais, je veillerai sur vous.

J'aurais envie d'ajouter: «Grand-papa aussi.» Après tout, c'est grâce à lui si le trafiquant a été démasqué. Mais ça compliquerait les choses: personne ne sait qu'on se parle.

— Il faudra quand même se montrer prudent, dit M. Orasul.

Julio comprend que son père a l'intention de rester. Il est fou de bonheur:

— Promis! Juré... craché: teuff!

La mère de Julio est horrifiée. Ma mère lui explique que, hors du cimetière, les jeunes ont de mauvaises manières. Et blabla-bla, les adultes discutent entre eux.

Julio et moi, on se retrouve enfin. On se tape dans les mains et on se donne l'accolade:

— Amis à la vie...

— ...à la mort.